AF405129

REMY DE GOURMONT

LES FEMMES
ET
LE LANGAGE

A

PARIS

CHEZ MADAME LESAGE

RÉMY DE GOURMONT

LES FEMMES
ET
LE LANGAGE

A

PARIS

CHEZ MADAME LESAGE

LA part des femmes est si grande dans
l'œuvre de la civilisation qu'il serait à
peine exagéré de dire que l'édifice est bâti
sur les épaules de ces frêles cariatides.

Les femmes savent des choses qui n'ont
jamais été écrites ni enseignées, et sans
lesquelles presque tout le matériel de notre
vie quotidienne serait inutilisable.

Des cosaques, en 1814, ayant découvert
une provision de bas, les enfilèrent immé-

diatement par dessus leurs bottes. exemple général de nos gestes les plus communs, si les femmes n'avaient pas été dans les siècles les patientes éducatrices de l'enfance.

Ce rôle est si naturel qu'il en paraît humble; nous ne sommes frappés que par l'extraordinaire.

Le puissant outillage d'un tissage nous subjugue; qui a jamais regardé avec émotion le simple jeu de deux aiguilles à tricoter?

Cependant, comparé à ces petits morceaux de bois, le plus formidable métier mécanique n'est plus rien; il représente une civilisation particulière : les aiguilles de bois ou de fer représentent la civilisation absolue.

Il faut en tout distinguer l'essentiel et ce qui est de surcroît. Dans la civilisation la part des femmes représente l'essentiel.

Cela est plus facile à sentir qu'à prouver, car il s'agit précisément des actes qui passent inaperçus le long de la vie, de toutes sortes de choses dont on ne parle pas parce qu'on ne les voit pas ou parce qu'on n'en comprend pas l'importance. Ainsi la physiologie a été longtemps ignorée tandis que la curiosité se portait aux monstres; le phénomène continu disparait pour nos sens.

Ce fut un citadin ou un prisonnier ou un aveugle soudain guéri qui s'avisa le premier de la beauté de la nature. Il y a une psychologie extérieure qui disparait dans l'habitude; analysée, elle révèle les actes volontaires les plus importants de la vie. Volontaires, c'est à dire contingents relativement aux mouvements primordiaux de la vie d'une espèce; volontaires, en ce qu'ils ont de particulier pour signaler une race; volontaires, si l'on regarde la volonté comme la conscience d'un effort inconscient.

Sens ou faculté, la parole ne peut logiquement être séparée de l'ouïe, mais l'éducation de l'ouïe est beaucoup moins sensible que celle de l'appareil vocal; on peut donc les considérer séparément, ou du moins sans observer un ordre précis en des acquisitions qui sont enchevêtrées comme tous les jeux de la vie. Remuer, entendre, voir, parler, tout cela se tient; l'imitation se jette à la fois sur toutes les fonctions, quoi qu'on puisse établir un ordre de naissance appréciable pour chacune d'elles. Cet ordre importe peu en une étude ou il s'agit non de l'intelligence qui reçoit, mais de l'intelligence qui donne, de l'extérieur, et non de la vie psychologique interne.

La parole est féminine. Les poètes et les orateurs sont des féminins. Parler, c'est faire œuvre de femme. La femme, parce qu'elle parle comme chante un oiseau, est seule capable d'enseigner le langage quand l'enfant tente d'imiter les sons qu'il a entendus, la femme est là qui le regarde, lui sourit et l'encourage; il s'établit un contrat muet de travail entre ces deux êtres, et

que de patience chez celui qui sait pour
guider celui qui essaie! Les premiers mots
que prononce un enfant ne corres-
pondent en son esprit à aucun objet, à
aucune sensation; l'enfant, à ce moment
de sa vie, est un perroquet, et rien de plus.
Il imite; il parle parce qu'il entend parler.
Si on se taisait autour de lui, la parole
resterait figée dans son cerveau. De là
l'importance du babillage de la femme,
importance bien supérieure à celle des
plus beaux poêmes et des philosophies les
plus profondes. La fonction qui fait de
l'homme un homme est l'œuvre particulière de la femme; un enfant élevé par
une femme très femme et très bavarde est
plus tôt formé à la parole et par consé-

quent à la conscience psychologique; aux soins d'un homme taciturne, le même enfant se développerait très lentement, et si lentement peut-être qu'il n'atteindrait jamais la limite de son intelligence pratique.

S'il était possible d'assigner au langage une origine, on dirait qu'il fut la création de la femme. Mais le secret de toutes les origines nous échappera éternellement. Les oiseaux chantent, le chien aboie, l'homme parle. On ne se figure pas mieux un homme muet qu'un chien muet, qu'un pinson muet. Et si ces espèces jadis ont vécu sans voix, on ne comprend pas bien pourquoi elles auraient acquis un organe dont se passent fort bien d'autres animaux, et même les oiseaux de terres australes. Si le langage s'apprenait ou se gagnait, si, pour en retrouver les premiers rudiments, les célèbres racines, il suffisait d'atteindre la mère commune du latin et du sanscrit, du grec et du saxon, on ne voit pas bien pourquoi le chien ne converse pas avec son maître autrement que par la queue, les yeux, des jappements. Mais le chien ne parlera jamais, parce que le génie d'une espèce animale est déterminé aussi rigoureusement que la forme des espèces cristalliques.

Que la plus ancienne langue fût composée de cinq ou six cents monosyllabes correspondant à autant d'idées générales, c'est une opinion maintenant sans valeur, mais qui eut de la force; elle supporta plusieurs constructions dont l'extravagance ne fut pas d'abord évidente.

Cependant on n'avait jamais observé en aucune langue réelle quelque chose comme un réservoir même inconscient de racines. Les mots naissent les uns des autres par dérivation, venant au monde tantôt plus longs, tantôt plus courts que le mot premier. Cette dérivation est toujours dominée par un sens concret, réel et vivant; aucun homme, s'il n'a fait des études spéciales qui lui aient gâté l'esprit, n'a le sens des racines. Les ba, be, bi, bo, bu des alphabets, voilà autant de racines, d'après la théorie; mais, à chacun de ces sons, une série de significations parentes n'est pas dévolue; ils peuvent, et dans la même langue, les assumer toutes au hasard, ou selon une logique dont les lois sont indéterminables.

Ce qu'il y a de primitif dans le discours, ce n'est pas le mot, mais la phrase. La phrase parlée de l'homme est instinctive, comme la phrase chantée de l'oiseau, comme la phrase jappée du chien. Le mot est un produit analytique.

Pour donner la priorité au mot sur la phrase, on était de cette idée que le mot est créé après que la chose a été perçue, l'homme agissant comme un nomenclateur, comme un professeur de botanique qui donne des noms à des brins de mousse. La réalité est différente. L'enfant balbutie des mots avant de connaître les objets dont ces mots sont le signe. Il est possible que l'homme ait parlé — jacassé — très longtemps avant que s'établît dans son esprit une relation fixe entre les choses et les sons familiers sortis de sa bouche. Des milliers de langues ont pû être ainsi successivement jacassées sur des milliers de territoires; langues imprécises, avant tout musicales, suites de phrases ou certains sons seulement correspondaient à des réalités. Mais ces sons, malgré leur importance, malgré leur valeur d'utilité et de représentation, on peut les supposer d'abord presque aussi fugitifs que le reste du discours. Une langue non écrite ne survit jamais à la génération qui la crée;

chez les sauvages, chaque génération crée sa langue, si bien que le grand-père est un étranger parmi ses petits-enfants.

Si l'on admet ce jacassement primitif, on admettra volontiers que la femme a du y prendre une grande part, en même temps qu'elle excitait par ses rires et par son attention la verve des mâles. La femme est peu capable d'innovation verbale; nulle jamais parmi celles qui furent tout de même de bons écrivains, ne se créa une langue dans le sens où l'on dit cela de Ronsard, de Montaigne, de Chateaubriand ou de Victor Hugo; mais elle redit bien, et souvent mieux qu'un homme, ce qui fut dit avant elle. Née pour conserver, elle s'acquitte de son rôle en perfection.

Elle rallume éternellement et sans se lasser
à la torche qui va mourir une torche nou-
velle et toute pareille. C'est entre les mains
des femmes que brillent les « Lampada
Vitai », danseuses du ballet de la vie ou
vestales mélancoliques au fond des caves.
Ce que la femme fut historiquement, elle
le sera toujours et elle le fut toujours, dès
avant l'histoire.

Des mots se fixent dans le jacassement
primitif; c'est l'œuvre de la femme. Née à
l'attention par la monotonie de son labeur
de ménagère, [1] elle se révolte contre le
renouvellement inutile des termes. Sa vie
s'est compliquée en ce territoire où la

(1) L'idée de faire entrer ainsi l'attention dans le monde par la femme,
est de M. Ribot, « Psychologie de l'attention ».

chasse est abondante, où la nature est féconde; les besoins des hommes croissent avec leur richesse, et en même temps les travaux de la femme. Travaillant davantage, elle a moins de temps pour écouter les discours et les chansons; des nouveautés trop rapprochées la déroutent; elle corrige le langage des hommes qui, à leur tour, se déconcertent. Ainsi naissent les mots usuels; ainsi se multiplient dans le chant parlé de l'homme le nombre des sons fixes correspondant à des réalités.

Il arriva aussi, et cela, sans doute, dès les temps les plus anciens, que la femme, dont la mémoire est excellente, eut retenu des parties de discours plus musicales, mieux rythmées, quelque couplet sem-

blable à ces mélopées que les nègres
répètent insatiablement. L'homme créait;
la femme apprenait par cœur. Si un pays
civilisé parvenait un jour à cet état d'esprit
ou toute nouveauté est aussitôt accueillie
et intronisée à la place des idées et des
rouages traditionnels, si le passé cédait
constamment devant l'avenir, après quelque temps de curieuse frénésie, on verrait
les hommes tomber dans cette hébétude
du touriste qui ne regarde jamais deux
fois les mêmes figures; pour se ressaisir,
ils devraient se retirer dans une vie tout
animale, et la civilisation périrait. Une
pareille fin semble avoir atteint d'anciens
peuples, si pressés de renouveler leurs
plaisirs que leur passage n'a laissé que des

traces hypothétiques. C'est l'excès d'activité, bien plus que la torpeur, qui a conduit au dépérissement beaucoup de civilisations asiatiques. Partout où la femme n'a pu intervenir ou opposer l'influence de sa passivité à l'arrogance des jeunes mâles, la race s'est épuisée en essais fugitifs. On peut donc être sûr que là où s'est organisée une civilisation durable, la femme en fut la pierre angulaire. Se levant, comme récitatrice, devant le créateur, la femme fonde un répertoire, une bibliothèque, des archives. Le premier cahier de chansons, ce fut la mémoire d'une femme; et ainsi du premier recueil de contes, de la première liasse de documents.

Cependant l'invention de l'écriture vint,

comme successivement tous les progrès,
diminuer l'importance archiviste de la
femme. Tout ce qui parut digne de
mémoire étant fixé par des signes sur des
matières durables, la femme se donna le
souci et le plaisir de faire vivre ce que les
hommes condamnaient à l'oubli. Elle s'est
acquittée de sa tâche avec une fidélité
que la matière a presque toujours trahie;
et c'est ainsi que des contes qui ne furent
jamais écrits, et qui remontent assurément
aux temps les plus lointains sont venus
jusqu'à nous. Les femmes qui s'en étaient
amusées, petites, en amusèrent leurs
enfants. Malgré les efforts de la pédagogie
rationnelle qui voudrait bien substituer au
« Petit Poucet » l'histoire de la Révolution

ou celle de la fondation de l'empire allemand, c'est avec le conte bleu ou rouge, d'amour ou de sang, que les mères continuent d'endormir les enfants sages. Or, il s'est trouvé que cette littérature orale, dont les thèmes dépassent en nombre ceux de la littérature écrite, était de la plus grande beauté et par conséquent d'une importance suprême. On doit la sauveté presque intégrale de ce trésor au génie conservateur de la femme.

Elle garda aussi les chansons, les musiques (et les danses qui s'y joignent) dont l'homme se détache à l'âge même où il quitte la jeunesse. Pour lui, ce sont des futilités, et il n'y songe plus; pour la femme, ce sont des moyens de plaire, et elle y songe toujours, et sans espérance, elle s'y rejette pour revivre les félicités passées. Les vieilles femmes prolongent ainsi la jeunesse de leur cœur.

Il ne semble pas que les femmes aient eu une grande part dans l'invention des contes et des chansons; elles ont maintenu, ce qui est une manière de créer; mais on trouve cependant la marque de leur esprit en certaines variantes. Leur tendance fut d'adoucir le dénouement d'un conte, de calmer l'effervescence d'une chanson trop folle. Cette intervention sauva la vie à beaucoup de ces petites choses en les mettant à la portée des enfants, dont la mémoire est un coffret très sûr.

Avec la littérature les femmes conser-
vaient tout un ensemble de notions qu'il
est difficile de déterminer. Il ne s'agit pas
du long chapelet des superstitions, mais de
ce que les superstitions, les croyances, les
traditions contiennent de sens pratique.
Pour évaluer l'importance de ce chapitre
de la connaissance humaine il faut se
recueillir en une sorte d'examen de conscience; alors, ayant longtemps réfléchi, on
saura trier les choses qui s'apprennent
dans les livres et celles qui ne furent
jamais écrites et que pourtant tout le
monde sait. Ce qu'il y a de vraiment indis-
pensable pour la conduite dans la vie
nous a été appris par les femmes; les
menues règles de la politesse, ces gestes

qui nous ouvrent la cordialité ou la déférence d'autrui, ces mots qui font bienvenir, ces attitudes qu'il faut varier selon les caractères et les situations, toute la stratégie sociale. C'est en écoutant les femmes qu'on apprend à parler aux hommes, à s'insinuer dans leur volonté, car seules celles qui savent plaire peuvent enseigner à plaire.

Avant même de parler, un enfant connaît la valeur d'un sourire; c'est son premier langage, et rien ne prouve qu'il soit absolument instinctif. L'animal n'a d'attitudes que celles qui sont le signe d'un besoin; il y en a de belles, il y en a de jolies, il n'y en a pas de volontaires. Le sourire du plus petit enfant voile souvent une

intention. La femme lui a appris le mystère des échanges et que pour un geste
aimable on peut acquérir des nourritures
et les autres choses nécessaires à la vie. La
petite fille, mieux disposée à goûter cet
enseignement, connaît la valeur du pli de
ses lèvres et du geste qui agite sa main
rose, et cela bien avant que la connaissance des signes vocaux ait permis à son
cerveau tendre le raisonnement élémentaire. C'est donc chez elle imitation pure;
mais l'acte est favorisé par le souvenir du
but déjà atteint aux premiers essais, et il y
a là un exemple très curieux et très
obscur d'un effet déterminant sa cause
dans l'inconscience physiologique.

Les femmes n'ayant guère dans la vie

que des relations passionnelles, ces jeux
très primitifs restent le fond de leur tac-
tique sociale; les hommes à mesure qu'ils
vivent, sentent le besoin de compliquer
cette science élémentaire, mais elle leur
demeure toujours une ressource suprême :
attendrir son vainqueur, lui plaire, tel est
le dernier argument du vaincu.

Toute la mimique est l'œuvre des
femmes. Même silencieuse, une femme
parle encore, et souvent avec une sincérité
que n'ont pas ses paroles; même immobile,
elle parle encore et souvent avec plus
d'éloquence que par des mots ou des
gestes. La conformation de son corps fait
que sa respiration est un langage; le
rythme de sa poitrine dit l'état de son âme

et les degrés de son émotion. Aucun discours ne trouve un homme plus sensible. Mais leurs yeux disposent d'un clavier plus étendu, quoique moins émouvant. Avec les yeux, avec l'arc de la bouche muette diversement infléchi, la femme peut aller jusqu'au bout de sa pensée. L'œil pâlit ou s'avive, lève ou abaisse son regard, et c'est le désir ou le dédain, le dépit ou la promesse, autant de pages qu'un homme comprend dès qu'il a intérêt à les lire. A ces lueurs et à ces mouvements, le jeu des paupières ajoute sa valeur; ce jeu est affirmatif, négatif, interrogateur. Il profère un oui bref et net et un oui de langueur et d'abandon; il questionne sur le ton de la colère ou celui de la plainte; il refuse par un arrêt brusque à moitié de la prunelle qui voile les yeux sans les fermer. Mais que d'autres nuances et que le sourire aussi est riche en paroles! Toute la femme parle; elle est le langage même.

Ses enfants seront d'abord des mimes. Comme leur mère ils sauront parler d'abord avec tout ce qui ne parle pas, acquisition précieuse. Darwin a trouvé chez les animaux l'esquisse de l'expression des émotions. Il y a dans la mimique humaine une importante part d'instinct; la femme a cultivé ces mouvements primitifs, elle les a chargés de nuances, elle les a multipliés; aux signes des émotions vraies sont venus se joindre les signes des émotions fausses, et alors seulement il y a eu langage. L'expression animale des émotions n'est pas un langage, car elle ne saurait feindre; le langage vrai commence avec le mensonge. Il y a un sens du réel dans le mot fameux : « Le langage a été donné à l'homme pour déguiser sa pensée. » Le mensonge, qui est la seule preuve extérieure de la conscience psychologique, est aussi la seule preuve que des gestes sont un langage et non une mimique inconsciente; le mensonge est la base même du langage et sa condition absolue. L'analyse des faits linguistiques démontre cela assez bien, puisque tout mot contient une métaphore et que toute métaphore est un déplacement de la réalité, quand elle n'est pas un mensonge voulu et prémédité. Mais à prendre le langage tel qu'il nous apparaît, et en supposant que chaque mot corresponde à un objet, on peut dire que s'il existait un homme qui n'eut jamais menti, cet homme n'aurait jamais parlé. Ce n'est pas parler, en effet, que de dire « J'ai peur » ou « J'ai froid » quand on a peur ou qu'on a froid; c'est exprimer une émotion ou une sensation au moyen de signes verbaux, analogues au tremblement de l'animal transi ou affamé. Mais si au contraire, niant son émotion ou sa sensation, l'homme qui a froid dit : « J'ai chaud » et l'homme qui a faim : « Je n'ai pas faim » il parle, qu'il use des paroles, des gestes ou des signes de l'écriture, à cela, au men-

songe, c'est-à-dire à la conscience, on re-
connait l'homme. Mensonge, que l'on ne
s'y trompe pas, prend ici le sens de :
expression d'une sensation imaginaire; il
s'agit de psychologie et non de morale,
domaines séparés.

Si la femme est le langage, elle doit donc
être le mensonge, et aussi la conscience.
Tout cela se tient et ne fait qu'un. Le
premier de ces points n'a pas été étudié,
mais l'opinion populaire lui est favorable.
Outre qu'elles parlent plus volontiers que
les hommes, elles usent d'une syntaxe
meilleure, d'un vocabulaire moins hasardé,
elles prononcent bien: on sent que le
langage est leur élément. Le second point:
le mensonge, est incontesté; mais on en

fait un crime aux femmes, alors qu'il est
la conséquence d'un autre don et d'ailleurs une affirmation de leur spiritualité.
Les femmes mentent plus que les hommes;
c'est donc qu'elles ont un plus grand sentiment de l'indépendance, une conscience
plus vive : et voilà le troisième point atteint,
sans qu'il soit besoin, semble-t-il, d'une
démonstration minutieuse.

On a parlé du mensonge hystérique; il
est probable qu'il y a là un abus, non
dans les termes, mais dans l'intention qui
les a unis. Si l'on veut dire mensonge
inconscient, c'est une absurdité. Le mensonge est, au contraire, le signe même de
la conscience, et il ne peut y avoir mensonge que là où il y a conscience pleine et

active. Il ne faut pas confondre une sensation délirante exprimée telle qu'elle a
été sentie avec le travestissement volontaire
donné à l'expression d'une sensation vraie,
confondre avec le dernier le premier
terme de la série. L'animal ne ment jamais;
comment le pourrait-il? Il est forcé d'exprimer, telle qu'il éprouve, sa sensation. S'il a
envie de mordre, le chien retrousse ses
babines, montre ses dents. Le voit-on se
contenir, faire l'hypocrite, mentir? C'est
qu'au contact de l'homme il a peut-être
acquis un rudiment de conscience; c'est
que l'éducation qu'il a reçue se trouve à ce
moment en conflit avec son instinct.
D'ailleurs la ruse, et surtout appliquée à la
défense ou à la quête de la vie, est toute

34

autre chose que le mensonge; c'est une
forme aiguë de la prudence. Le vrai mensonge est sans but, sans utilité que d'affir-
mer un détachement supérieur; il apparaît
tel qu'une négation des liens qui attachent
l'homme à la réalité; par quoi il se rap-
proche de la poésie et de l'art, dont il est
un des éléments. L'art est né, comme le
mensonge, d'une vive conscience des sen-
sations et des émotions; il affirme un état
de sensibilité extrême, en même temps
qu'une tendance à repousser ce réel dont
les sens d'un homme furent blessés. L'art
quelle que soit sa forme, implique une
connaissance approfondie des signes, et la
volonté de les transposer sans tenir compte
de leurs concordances usuelles. L'artiste est

celui qui ment supérieurement, au-dessus des autres hommes. S'il ment avec la parole, c'est le poète; avec le son inarticulé, c'est le musicien; avec les formes dont il fixe les attitudes, c'est le sculpteur, et son art n'est que le développement extrême du langage des gestes (dont le danseur fixe un état très fugitif); avec les lignes et les couleurs, c'est le peintre, et que fait-il? Sinon de rendre aux hiéroglyphes des écritures primitives leur véritable aspect et toute leur ampleur naturelle? L'art est un langage et n'est que cela.

Mais si la femme est le langage, d'où vient qu'elle se voit si médiocrement manifestée dans les jeux suprêmes du langage? Des critiques, pour la flatter, ont allégué on

ne sait quelle hérédité latérale, par quoi
on démontre que, filles de mères de moins
en moins cultivées, à mesure que l'on
remonte le cours des siècles, il n'est pas
surprenant que leurs aptitudes soient
moindres que celles des mâles. Cela n'est
pas sérieux, car le génie ni le talent n'ont
rien à voir avec les cultures antérieures; il
y a des aptitudes que le milieu développe.
Pourquoi une fille n'hériterait-elle pas de
cette aptitude comme un frère? D'ailleurs
voilà des milliers d'années que l'on apprend
la musique aux femmes, et c'est peut-être
là qu'elles ont encore le moins créé. La
cause est plus profonde. La femme est le
langage mais le langage élémentaire, le
langage utile; son rôle n'est pas de créer,

mais de conserver. Elle s'en acquitte à merveille. Elle ne crée ni les poèmes ni les statues, mais elle crée les créateurs des poèmes et des statues; elle leur enseigne le langage, qui est la condition de leur science; le mensonge, qui est la condition de leur art; la conscience, qui leur donne le génie, quand l'enfant, vers six ou sept ans, sort des mains de la femme, l'homme est fait. Il parle, et c'est tout l'homme.

La grande œuvre intellectuelle de la femme est l'enseignement du langage. Les grammairiens et leurs succédanés, instituteurs et professeurs, s'imaginent être les maîtres du langage et que sans leur intervention la langue des hommes périrait dans la confusion et l'incohérence; on les entretient depuis des siècles dans cette illusion, et pourtant il n'en est pas de plus ridicule. Les femmes sont les ouvriers élémentaires, et les poètes les ouvriers supérieurs du langage, les uns et les autres inconscients de leur rôle; l'intervention du grammairien est presque toujours mauvaise, à moins qu'elle ne se borne à constater des faits, à moins qu'elle n'ose ramener vers les mains des femmes et des poètes une influence que la science ne saurait exercer qu'avec injustice. Voici des enfants qui parlent; ils s'en vont à l'école recevoir une leçon de grammaire. Ils parlent et usent de toutes les formes du verbe et de toutes les nuances de la syntaxe avec aisance et justesse. Ils parlent, mais voilà l'école, et le maître triomphe de leur apprendre ce que c'est que l'imparfait du subjonctif. A une fonction l'écolâtre a substitué une notion; il a remplacé le geste par la conscience du geste, le mot par sa définition : il enseigne la grammaire, il n'enseigne pas le langage.

Le langage est une fonction; la grammaire est l'analyse de cette fonction. Il est aussi utile de savoir la grammaire pour parler sa langue naturelle que de savoir la physiologie pour respirer avec ses propres poumons ou marcher avec ses jambes. Comparé au rôle de la mère ignorante qui cueille comme une fleur le premier mot épanoui sur les lèvres de l'enfant, le rôle du maître est presque nul. Ce mot

qui vient de fleurir, c'est la mère elle-
même qui l'a semé, car si le langage est
une fonction, il faut lui donner les maté-
riaux sur lesquels elle puisse s'exercer. Le
bavardage futile d'une femme, si peu
différent de celui de la petite fille qui parle
à sa poupée, voilà la première leçon de
l'enfant et celle qui en importance dépasse
toutes les autres; autant de mots, autant
de graines qui vont germer, pousser,
fructifier dans le jeune cerveau. Sans cette
semence sans cesse jetée à la volée, la
fonction linguistique de l'enfant resterait
inerte et il ne sortirait de ses lèvres que
des sons vagues et peut-être inarticulés.
On s'est demandé parfois quelle langue
parleraient des enfants élevés ensemble

hors de portée de la voix humaine. Ils n'en parleraient peut-être aucune. C'est une question que nul ne peut résoudre. En tout cas, ils ne parleraient qu'une langue rudimentaire, c'est-à-dire trop sèche, variable et entièrement inconnue, car il n'y a pas plus de racines innées que d'idées innées. L'enfant ne crée pas sa langue, encore moins il ne secrète pas sa langue; il l'apprend. Il parle selon qu'on parle autour de son berceau; il est phonographe d'abord et aussi mécaniquement que l'instrument même. Avant de pouvoir situer les signes vocaux au-dessus des objets, il les possède en grand nombre, mais en confusion, « en vrac ». Ensuite il apprendra à utiliser cette richesse; comme il connaît d'une part les mots et d'autre part les objets, l'opération qui va les réunir dans sa mémoire lui sera des plus faciles et des plus naturelles. La femme dirige cette répartition avec joie, et elle s'admire en admirant les progrès de l'enfant; elle croit que la double acquisition du mot et de l'objet se fait intégralement à son ordre, et cela lui donne de l'orgueil. Ainsi l'ignorance du mécanisme physiologique de l'enfant assure le succès de l'éducatrice.

Ce langage que l'enfant tient tout entier de la femme, c'est en son honneur que plus tard il l'exercera volontiers comme poète, conteur, philosophe, théologien ou moraliste, comme créateur de valeurs selon l'expression très forte de Nietzsche. La

plus grande partie de la littérature est
l'œuvre indirecte de la femme, faite pour
elle, pour lui plaire ou la piquer, pour
l'exalter ou la dénigrer, toucher son cœur,
idéaliser ou maudire sa beauté et son
amour. Il a fallu que les deux sexes fussent
aussi profondément dissemblables, aussi
étrangers, aussi opposés, pour que l'un se
soit fait l'adorateur de l'autre. Avec la
parité des goûts, des besoins, des désirs,
les différences corporelles n'eussent pas
suffi ni le commandement de l'espèce.
L'humanité ne pouvait se perpétuer sans
l'amour, et l'amour eut été impossible sans
les divergences radicales qui font que
l'homme et la femme sont deux mondes
l'un à l'autre impénétrables. On ne peut

adorer que l'inconnu; il n'y a plus de reli-
gion là où il n'y a plus de mystère. La
femme inconnue fut adorée par l'homme
naturellement religieux.

Dans toutes les sociétés, tant qu'elle est
jeune et belle, la femme, et même esclave,
est la maîtresse de la civilisation; les poètes
que sa grâce a inspirés augmentent cette
suprématie en faisant d'elle l'objet de leurs
chants, et la poésie, qui ne voulait d'abord
que dire les joies de la possession ou les
affres du désir, achève son évolution en
créant l'amour. Car l'amour, avec tout ce
que contient ce mot, de sentiment, de pas-
sion, de rêve, de bonheur, de larmes, est
bien une création verbale et l'œuvre même
de l'imagination des artistes du langage.

C'est dans les poèmes, les contes, les récits traditionnels, que l'homme vulgaire, enclin à la seule jouissance, a appris à aimer, à augmenter jusqu'à l'infini des joies médiocres et des chagrins futiles. Répétons ici le mot de Nietzsche: « Le Poète a été le créateur des valeurs sentimentales. » Mais, presque aussitôt créées, elles lui ont échappé, s'emparant de ces valeurs nouvelles, la femme les a transformées en instruments de règne; elle a cueilli avec simplicité les fruits du langage, son œuvre.

Comment l'amour évolua sous cette domination et tous les bienfaits qui en ont été la conséquence, ce serait un long chapitre de l'histoire de la civilisation.

www.ingramcontent.com/pod-product-compliance
Ingram Content Group UK Ltd.
Pitfield, Milton Keynes, MK11 3LW, UK
UKHW022214070726
13613UKWH00004B/1648